Este libro pertenece a:

Anctil, Gabriel
    Mi vuelta al mundo / Gabriel Anctil ; ilustradora Denis Goulet ;
traductor Jorge Eduardo Salgar Restrepo. -- Editora Mireya Fonseca
Leal. -- Bogotá : Panamericana Editorial, 2015.
    32 páginas: ilustraciones ; 20 cm.
    Título original : Mon tour du monde.
    ISBN 978-958-30-4636-0
    1. Cuentos infantiles franceses 2. Vida cotidiana - Cuentos infan-
tiles 3. Familia - Cuentos infantiles I. Goulet, Denis, ilustradora.
II. Salgar Restrepo, Jorge Eduardo, traductor III. Fonseca Leal,
Raquel Mireya, editora IV. Tít.
I843.91 cd 21 ed.
A1467749

        CEP-Banco de la República-Biblioteca Luis Ángel Arango

Mi vuelta al mundo

Primera edición en Panamericana Editorial Ltda.,
marzo de 2015
Título original: *Mon tour du monde*
© Dominique et compagnie
© 2014 Panamericana Editorial Ltda.,
de la traducción al español
Calle 12 No. 34-30, Tel.: (57 1) 3649000
Fax: (57 1) 2373805
www.panamericanaeditorial.com
Bogotá D. C., Colombia

Editor
Panamericana Editorial Ltda.
Edición
Mireya Fonseca
Traducción del francés
Jorge Eduardo Salgar
Diagramación
Jonathan Duque, Martha Cadena

ISBN 978-958-30-4636-0

Impreso por Panamericana Formas e Impresos S. A.
Calle 65 No. 95-28, Tels.: (57 1) 4302110 - 4300355.
Fax: (57 1) 2763008
Bogotá D. C., Colombia
Quien solo actúa como impresor.

Impreso en Colombia - *Printed in Colombia*

Mi vuelta al mundo

Texto: Gabriel Anctil • Illustraciones : Denis Goulet

PANAMERICANA
EDITORIAL
Colombia • México • Perú

Hoy, mamá llevará a Emilio a ver un
espectáculo para los GRANDES.

Papá me mira y sonríe:
"Prepárate, Leo, ¡vamos a
dar la vuelta al mundo!".

7

Llevo mi mochila de explorador.
Primera parada: Portugal.

Allí comemos un delicioso pollo con unas papas bien redondas.

Presentan un partido de fútbol en la televisión. Apoyamos al equipo portugués.

Papá propone comer un postre en el Líbano.

¡ME ENCANTAN los baklavas! ¡Son dulces y crujientes!

y con un jugo de mango, ¡ES SUCULENTO!

11

A mitad de camino,
compramos doce rosquillas.

Son las mejores del mundo. Papá me explica:
"Su antigua receta secreta viene de Polonia".

Nos detenemos en un parque para
ver un partido de críquet..

Papá dice que es el deporte más
popular en la India y Pakistán.

¡**Vaya!** El lanzador envía la pelota a toda velocidad.

El bateador la golpea y un jugador la atrapa justo frente a nosotros, antes de que toque el suelo.

Solo debemos atravesar la
calle para llegar a Italia.

Reconozco los tres colores del país.

También veo carros **Fiat** y **Ferrari** estacionados en la calle. ¡Son mis dos marcas de auto favoritas!

17

Comemos un gelato de chocolate.

¡Hum!

Es el helado de los italianos.

18

Papá conversa con un viejito que toma
su café, mientras hace gestos **muy grandes.**

"Y ahora, iremos al otro lado del mundo", me declara papá.

Pasamos bajo una **GIGANTESCA** puerta y llegamos a... ¡la China!

Hay muchas personas en las aceras. También hay tiendas, cometas y máscaras chinas.

Incluso hay un **verdadero** dragón que pasa sobre nuestras cabezas.

21

Al caer la noche, comemos en un restaurante nuevo. Papá pide fideos en un **enorme** bol, y comemos con palitos.

Yo prefiero el arroz con camarones, y sin los palitos. "Para terminar nuestra vuelta al mundo como se debe, tengo una sorpresa para ti", dice papá.

¡Increíble!

Jamás vi tantos colores
brillar en la oscuridad.
Es como un sueño.

"Son las linternas chinas", me explica papá.

25

Todavía hay tantos países que me gustaría
descubrir, pero debemos regresar.

Estoy cansado y **SUPERFELIZ** de haber vivido esta aventura

con el mejor explorador del mundo entero: ¡mi papá!